ねても さめても いたずら姫

シルヴィア・ロンカーリァ 作　エレーナ・テンポリン 絵
たかはし たかこ 訳

ときめきお姫さま
4

西村書店

Principesse Favolose
LA PRINCIPESSA MILLE DISPETTI

Text by Silvia Roncaglia
Illustrations by Elena Temporin

Printed and bound in Japan

もくじ

おもな人たち

レベッカ姫《ひめ》

いたずらばかりするので、
〈いたずら姫《ひめ》〉とよばれている

ロムアルド王

レベッカのおとうさん

イゾッタ王妃《おうひ》

レベッカのおかあさん

この本に出てくる

アレッシオ
森の洞窟《どうくつ》でくらすサル
人間《にんげん》のことばをしゃべる

盗賊《とうぞく》ヒラテウッチ
森の洞窟《どうくつ》でくらす盗賊《とうぞく》
きょだいな両手《りょうて》で、おともの騎士《きし》を
ノックアウトし、お姫《ひめ》さまをさらう

魔女《まじょ》イジワルーナ
魔女《まじょ》のなかでも、いちばんいじわる
バイキン沼《ぬま》のほとりにすんでいる

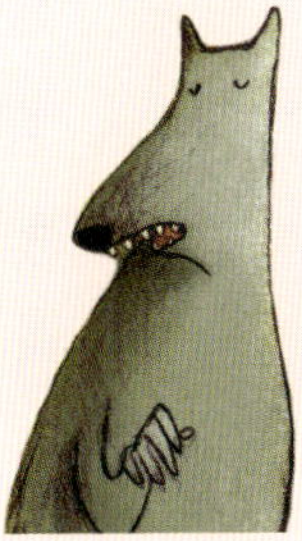

オオカミ男
森にすむ悪党《あくとう》
魔女《まじょ》イジワルーナのライバル

ねてもさめても　いたずら姫《ひめ》

このお話に出てくる
魔女《まじょ》イジワルーナとオオカミ男を
ずっとずっと前から知っている
トッレ・マイナでくらす八人のおしえ子たちへ

1

たいくつなのは、だいきらい！

むかし、ある王国に、いたずらばかりしているお姫《ひめ》さまがいました。毎日、いろいろないたずらをしかけ、人をからかったり、だましたりして、おもしろがっています。ですから、いつのころからか、レベッカ姫《ひめ》というほんとうの名前ではなく、〈いたずら姫《ひめ》〉とよばれるようになりました。

おとうさんのロムアルド王と、おかあさんのイゾッタ王妃《おうひ》は、むすめが、どうして、こんなにいたずらばかりするのか、わかりません。

〈いたずら姫《ひめ》〉は、生まれたときから、たくさんのものにかこまれていました。かわいいもの、楽しいもの、べんりなもの……。お姫《ひめ》さまが「ほしい」と言わなくても、手をのばせばすぐそこにあって、なに不自由《ふじゆう》なく、くらしていました。

毎朝、お姫《ひめ》さまは、ごはんを食べたあと、さんぽをして、ししゅうをします。

午後は、おやつを食べたあと、庭《にわ》であそんで、歌のレッスンをします。

夜になると、曲芸師《きょくげいし》や旅芸人《たびげいにん》のショーを見ます。

お姫《ひめ》さまの毎日は、ゆたかで、へいわで、おだやかで、いつも同じようにすぎていきました。

「どうしてレベッカは、あんなに、いたずらばかりするのかしら？」

イゾッタ王妃《おうひ》は、なやみます。

「わたしたちは、今まで、あの子の言うことは、ぜんぶきいてあげたわ。こごとを言ったこともなければ、お手つだいとか、しゅくだいとか、あの子がいやがることを、むりやりやらせようとしたこともなかったはずよ」

「どうしてレベッカは、こんなに、人をこまらせるんだろう？」

ロムアルド王も、心をいためます。

「わたしたちは、いつも、あの子に、お姫《ひめ》さまとしてふさわしいことだけを、やらせてきたはずだ。わざわざ人をからかって、おもしろがったりしなくても、楽しいことは、たくさんあるだろうに」

お姫《ひめ》さまは、ゆたかで、へいわで、おだやかな、かわりばえのしないくらしが、たいくつでたまらないのです。そんな毎日を、少しだけ楽しくするために、すてきないたずらを考え出すのです。

ところが、ロムアルド王にもイゾッタ王妃《おうひ》にも、それがわかりません。

ある日のこと、王宮《おうきゅう》じゅうにメイドの悲鳴《ひめい》がひびきわたりました。シーツのあいだから、トカゲがもぞもぞ、はいだしてきたのです。

「やったわ！」

〈いたずら姫《ひめ》〉が、にんまりします。

また、ある日、王宮《おうきゅう》の門番たちの顔に、なにやら黄色いものが、べったりついていました。

「やったわ！」

〈いたずら姫《ひめ》〉が、にんまりします。

門番たちのかぶとのなかに、くさった卵《たまご》を入れておいたのです。なかをよく見ないでかぶとをかぶってしまった門番たちが、ぎせいになったというわけです。

また、ある日、ロムアルド王とイゾッタ王妃《おうひ》は、楽しいもよおしを考えました。

「ねえ、こんどのパーティーでは、レベッカに、ピアノに合わせて歌を歌ってもらいましょうよ。きっと、みんな、よろこんでくれるわ！」

さあ、〈いたずら姫《ひめ》〉のうでの見せどころです！

パーティーの日、お姫《ひめ》さまは、まえもって、ピアノの黒い鍵盤《けんばん》にコショウをふりかけておきました。なにも知らないピアノの先生が、えんそうを始めると……さあ、たいへん！　コショウがまいあがり、むずむず鼻《はな》をくすぐります。こうして、しょうたい客《きゃく》は、お姫《ひめ》さまの歌声ではなく、くしゃみのコンサートをきくことになりました。

〈いたずら姫《ひめ》〉は、大きくなっても、いたずらをやめませんでした。もうけっこんしてもおかしくない、りっぱなおとなだというのに、ロムアルド王にまで、とんでもないいたずらをしかけました。

王国には「決《き》まり」があります。一か月に一度《いちど》、王さまは、国の人びとにむけてえんぜつをします。人びとはみんな、王宮《おうきゅう》のバルコニーの前にあ

る大きな広場にあつまり、王さまのことばをきいたり、こまっていることをうったえたりするのです。

　そして、このえんぜつのやり方にも「決《き》まり」があります。王さまは、まず、バルコニーに出ます。つぎに、うつくしい箱《はこ》から王冠《おうかん》をとりだし、頭にのせます。それから、えんぜつをはじめるのです。

　ある日、お姫《ひめ》さまは、こっそり、王冠《おうかん》と金魚ばちをとりかえました。なにも気づかない王さまは、王冠《おうかん》ではなく、金魚ばちをかぶってしまいました。全身《ぜんしん》ずぶぬれ。しかも、髪《かみ》の毛のあいだで、金魚がぴちぴちはねています。

広場じゅうが、わらいのうずにつつまれました。今まで、これほどおかしいことがあったでしょうか。こんなにわらったことはありません。もちろん、お姫《ひめ》さまも、おなかをかかえてわらいました。

いっぽう、ロムアルド王にとっては、今まで、これほどはずかしかったことはありません。こん

どというこんどは、ゆるしません。罰《ばつ》として、お姫《ひめ》さまをきびしい修道院《しゅうどういん》に入れ、れいぎさほうを習《なら》わせることにしました。

「修道院《しゅうどういん》でくらすなんて、王宮《おうきゅう》にいるより、ずっとずっと、たいくつに決《き》まっているわ！」

そう考えたお姫《ひめ》さまは、なんとかして、にげだすことにしました。

〈いたずら姫《ひめ》〉は、四人の騎士《きし》をおともに、修道院《しゅうどういん》へむかいます。川の近くを通りかかったとき、さくせんを開始《かいし》しました。

「ああ、あつい！　あつくて、もう、がまんできないわ。体《からだ》じゅう、汗《あせ》とほこりでべたべたよ。そうだわ。この川で水をあびましょう」

それから、騎士《きし》たちにむかってめいれいしました。

「あなたたちは、あっちで待《ま》っていてちょうだい。いい？　ちゃんと後ろをむいていて。ぜったい、ふりかえっちゃだめよ」

騎士《きし》たちは、川から少しはなれた場所《ばしょ》へ行きました。お姫《ひめ》さまに言われたとおり、せなかをむけて待《ま》っています。

すると、とつぜん、お姫《ひめ》さまの悲鳴《ひめい》がきこえました。

「だれか、たすけて！　うっ、うぷっ、たすけてーっ！」

四人の騎士《きし》が、いそいでかけつけると、なんと、お姫《ひめ》さまの下着《したぎ》が、川のながれにのって、遠くへはこばれていくではありませんか。

「たいへんだ！　お姫《ひめ》さまが、おぼれたぞ！」

「たすけよう！」

騎士《きし》たちはみんな、すぐに、川にとびこみました。

「やったわ！」

木のかげからようすを見ていた〈いたずら姫《ひめ》〉が、にんまりしました。

みごと、さくせんが成功《せいこう》したのです。

こうして、まんまと四人の騎士《きし》をだました〈いたずら姫《ひめ》〉は、馬にまたがると、ぜんそくりょくで森へとにげこみました。

2 盗賊《とうぞく》ヒラテウッチと、しゃべるサル

こうして〈いたずら姫《ひめ》〉は、たいくつな修道院《しゅうどういん》へは行かずにすみました。ところが、森では、たいへんなことがお姫《ひめ》さまを待《ま》ちうけていたのです。

このあたりでは、それはそれはおそろしい盗賊《とうぞく》が、あばれまわっていました。その名はヒラテウッチ。旅《たび》をするお姫《ひめ》さまの一団《いちだん》を森で待《ま》ちうけ、まずは、おともの騎士《きし》から金目《かねめ》のものをうばいます。それから、お姫《ひめ》さまだけをつれさるのです。

武器《ぶき》は、きょだいな両手《りょうて》だけ。刀も、ピストルも、ナイフもつかいません。おともの騎士《きし》を、馬から引きずりおろし、ねらいをさだめて、きょうれつな平手《ひらて》うちを四ぱつ、おみまいするだけです。

騎士《きし》は、たちまちノックアウト。気づいたときには、パンツいっちょうで、ほうりだされているのです。お金《かね》や洋服《ようふく》など、身《み》につけていたものはすべて、お姫《ひめ》さまとともに、あとかたもなく消《き》えています。

さらわれたお姫《ひめ》さまの身《み》になにがおこったかは、だれも知りません。というのも、今までだれ一人として、もどってはこなかったからです。さらわれたらさいご、もう二度《にど》と、会《あ》うことはできませんでした。

〈いたずら姫《ひめ》〉の前にあらわれたのは、まさに、この盗賊《とうぞく》ヒラテウッチでした。そのきょだいな手で、ひっぱたかれなかっただけでも、さいわい

でした。

ヒラテウッチは、すかさずお姫《ひめ》さまをつかまえると、かくれ家《が》の洞窟《どうくつ》へとつれていきました。

ところが……

「きゃっ、なんてすてきないたずらなの！　どきどきしちゃう！」

お姫《ひめ》さまのよろこぶ声

をきいて、ヒラテウッチは、びっくりぎょうてん。それもそのはず、今までつかまえたお姫《ひめ》さまは、みんな、「たすけて、たすけて！」と、めんどりのように泣《な》きさけぶだけだったのですから。

洞窟《どうくつ》に入ると、〈いたずら姫《ひめ》〉は、まわりを見まわしました。そこには、りっぱな広間《ひろま》がありました。あふれんばかりの家具《かぐ》、ビロードのカーテン、床《ゆか》にしかれたやわらかなじゅうたんが、金のキャンドル立てにともる明かりに、てらされています。

広間《ひろま》のまんなかには、王さまがすわるような、りっぱないすがおいてあります。そして、そのいすには、なんと、上品《じょうひん》なふくをきたサルが、すわっているではありませんか！

あっけにとられるお姫《ひめ》さまに、ヒラテウッチが、あらあらしく言いました。

「こら、そんなところで、ぼーっとするな。やることは、たくさんあるんだ！　まずは、外に行って、まきをわって、だんろに火を入れろ。それから、料理《りょうり》だ。おれさまには豆《まめ》のスープを、サルどのにはクルミのパイをつくるんだ」

お姫《ひめ》さまは、棒《ぼう》のように、つっ立ったままです。そこで、ヒラテウッチがせっつきます。

「さあ、いそげ。さもないと、きょうれつな平手《ひらて》うちを四ぱつ、おみまいするぞ！」

お姫《ひめ》さまは、こんなふうにめいれいされたことなどありません。それに、生まれてからこれまで、まきをわったこともなければ、料理《りょうり》をしたこともありません。今まで、してきたことといえば、食べること、さんぽをすること、ししゅうをすること、歌うこと……それから、なによりも、いたずらやいじわるをすることだけです。

ヒラテウッチは、お姫《ひめ》さまの前に重《おも》い斧《おの》をおくと、森へと狩《か》りに出かけていきました。

〈いたずら姫《ひめ》〉は、とほうにくれました。ティーカップより重《おも》いものは、もちあげたことがありません。どんなふうに斧《おの》をもてばいいのでしょう？　どうやって、まきをわればいいのでしょう？

「ワッハッハッハ！　ワッハッハ！」

サルです。サルが、お姫《ひめ》さまを見て、わらっています。

「なによ！　サルのくせに！」

お姫《ひめ》さまは、大きな声でしかりました。

「なんだ！　ヒステリーだな！」

サルが言いました。

「なんですって？　人間《にんげん》のことばが話せるの？」

お姫《ひめ》さまは、おどろきます。

「ああ、話せるよ。とはいっても、なんでもかんでもおしえてあげることは、できないけどね！」

サルが答えました。

「じゃあ、名前だけでも、おしえてくれないかしら？」

「名前は、アレッシオさ。ところで、なにか、お手つだいしましょうか、お姫《ひめ》さま？」

「そう、手つだってくれるのね。じゃあ、わたしのかわりに、まきをわりなさい！」

お姫《ひめ》さまはすぐさま、めいれいしました。

「なんだ、きみは、口のきき方も知らないのか。たのみごとをするときは、『おねがいします』と言うもんだ。めいれいするのなら、たすけてやらないぞ！」

まじめな顔で、サルが答えました。

「おねがいします。アレッシオさま！」

お姫《ひめ》さまが言いなおすと、サルは、まきをわりはじめました。そして、わりおわったまきを、だんろのなかにおきました。

さて、つぎは、火をつけなければなりません。もちろん、お姫《ひめ》さまは、火をつけたことはありません。マッチを手にとって、すってみましたが、指《ゆび》にやけどをしてしまいました。

「ワッハッハッハ！　ワッハッハ！」

サルが、お姫《ひめ》さまを見て、わらっています。お姫《ひめ》さまは、いつだって、人をからかってわらっていましたが、人から、わらわれたことなどありません。いかりのあまり顔をまっ赤《か》にして、大きな声でめいれいしました。

「わたしのかわりに、火をつけなさい！」

「まだまだ、口のきき方がわかっていないな。たのみごとをするときは、『おねがいします』と言うもんだ。めいれいするのなら、たすけてやらないぞ！」

まじめな顔で、サルがもう一度《いちど》、言いました。

「おねがいします。アレッシオさま！」

お姫《ひめ》さまが言いなおすと、サルは、まきに火をつけてくれました。

さて、つぎは、豆《まめ》のスープとクルミのパイをつくらなければなりません。でも、もちろん、お姫《ひめ》さまは、料理《りょうり》をしたことはありません。もう、とっぷり日もくれたので、じきに、ヒラテウッチがもどってくるでしょう。

そこでサルは、こんども、お姫《ひめ》さまをたすけてやることにしました。

「さあ、こんどは、ぼくに手をかしてくれ。一人では、まにあわないからね。ぼくは、やさいをいためてスープをつくるから、きみは地下室に行って、麻《あさ》ぶくろのなかから豆《まめ》をとってきて。あとは煮《に》こんで、塩《しお》とコショウをくわえればいいだけさ」

お姫《ひめ》さまは、地下室におりていきました。豆《まめ》のふくろはすぐにわかりましたが、そのとなりに、もうひとつ、なにやら重《おも》そうなふくろを見

つけました。なかを見ると、なまりの弾《たま》が入っています。狩《か》りにつかう鉄《てっ》砲《ぽう》の弾《たま》です。

とっさに、すてきないたずらを思いつきました。ヒヨコマメやエンドウマメにそっくりの、丸くて小さいこのなまりの弾《たま》を、スープに入れるのです。コショウのかわりに、少しだけ火《か》薬《やく》も入れてみましょう。

「ふふっ、きっと、うまくいくわ」

お姫《ひめ》さまは、ほくそえみます。

「さて、つぎは、パイの生地《きじ》をこねよう」

サルが、言いました。

「きみは、地下室に行って、かごからクルミをとってきて。あとはクルミを入れて、オーブンで焼《や》けばいいだけさ」

お姫《ひめ》さまは、もう一度《いちど》、地下室におりていきました。クルミを手にとると、すぐにまた、すてきないたずらを思いつきました。からをわって、なかの実《み》をつかうのではなく、かたいからごと生地《きじ》にねりこむのです。もう、うずうずして、いても立ってもいられません。

そうこうするうちに、ヒラテウッチがもどってきました。

ヒラテウッチは、焼《や》きあがったパイを、まるごと、うやうやしく、サルにさしだしました。どういうわけか、まるで、王さまにつかえているようなしぐさです。それから、湯気《ゆげ》の立つスープの前にすわると、大きな大きな手で、お玉のようなスプーンをもちあげ、スープを口にながしこみました。

「ぶふぁっー！」

みるみるうちに、赤ピーマンのようにまっ赤《か》になったヒラテウッチは、歯《は》を三本、スープといっしょにはきだしました。口のなかで、なまりの弾《たま》がはれつしたのです。

「いったい、これは、なんのまねだ？　なにをしくんだんだ？　このじゃじゃ馬！」

「まあ！　うっふっふっふっ！」

〈いたずら姫《ひめ》〉は、かたをふるわせてわらっています。いかりくるって、今にもつかみかかろうとするヒラテウッチは、それはそれはおそろしい顔で、ほんとうなら、わらうどころではありません。

「よくも、やってくれたな。おかえしに、おまえを四ぱつ、ひっぱたいてやる！」

ところが、そのとき、サルがわらいだしました。

「ワッハッハッハ！　ワッハッハ！」

心のそこから楽しんでいるようです。ヒラテウッチは、しかたなく、ふりあげた大きな手をおろして言いました。

「アレッシオさまが、わらっていらっしゃる。だから、こんどばかりは、かんべんしてやろう」

さて、こんどは、サルが、クルミパイをひと切れ、口にはこびました。

「あっ、いたっ！　いたいっ！」

悲鳴《ひめい》をあげて、口に入れたパイをはきだしました。かたいクルミのからで、歯《は》がおれてしまったのです。

「まあ！　うっふっふっふっ！」

お姫《ひめ》さまのわらい声に、ヒラテウッチは、またも、つかみかかろうとします。ところが、こんども、サルがわらいだしました。

「ワッハッハッハ！　ワッハッハ！」

サルというのは、動物《どうぶつ》のなかでもいちばんいたずらずきなので、お姫《ひめ》さまのいたずらを楽しんでいるのでしょう。

とにもかくにも、サルのこのわらいが、またも、お姫《ひめ》さまをすくったのです。

「アレッシオさまが、わらっていらっしゃる。しかたがない、かんべんしてやろう」
ヒラテウッチは、こんども、ふりあげた大きな手をおろして言いました。

3 武器《ぶき》は、いたずら!?

　あくる日、盗賊《とうぞく》ヒラテウッチは、〈いたずら姫《ひめ》〉に言いました。

「ゆうべは、さんざんな目にあった。さて、そこでだ……おまえさんのいたずらが、こんどもうまくいくか、とくとお手なみをはいけんしようじゃないか！　魔女《まじょ》イジワルーナのぼうしと、オオカミ男のしっぽをもって帰ってこい。この二つのものを手に入れるまで、もどってくるな」

　こんども、お姫《ひめ》さまは、棒《ぼう》のように、つっ立ったままです。

「いいか、にげようなんて考えるなよ。おまえさんがどこにいるかなんて、ぜんぶ、お見とおしだからな。今まで、このヒラテウッチさまからにげられたやつは、一人もいないのさ！　おまえさんが、ぼうしとしっぽをもって帰ってきたら、そのときは、城《しろ》に帰してやろう。だが、うまくいかなければ、おれさまの家来《けらい》になって、死《し》ぬまで言うことをきくんだ。さあ、とっとと、行け！　さもないと、四ぱつ、ひっぱたくぞ！」

そう言いのこすと、ヒラテウッチは、いつものように、狩《か》りに出かけていきました。

お姫《ひめ》さまは、サルのもとに、とんでいきました。きっとまた、たすけてくれるでしょう。ですからこんどは、さいしょから、れいぎただしく、ていねいに、たのみました。

「どうしたら、ぼうしとしっぽを手に入れることができるのか、おしえてください。おねがいします、アレッシオさま！」

ところが、サルは、かなしげにお姫《ひめ》さまを見つめ、言いました。

「ぼくにたのんでも、むりだ。かわいそうだけど、こんどばかりは、たすけてやれないんだ！」

「えっ、どうしてなの？」

お姫《ひめ》さまが、たずねます。

「どうしてもだ。それは、話せないんだ！」

サルは、首をよこにふりながらそう言うと、口をつぐみました。それでもおしかたがありません。一人でやりとげるしかないようです。

姫《ひめ》さまは、たまりかねて言いました。

「わたしには、魔法《まほう》も武器《ぶき》もない。だから、きっと、魔女《まじょ》に魔法《まほう》をかけられて、オオカミ男に食べられちゃうんだわ。わたしは死《し》んじゃうのよ、なにもできずに！」

「それは、ちがうよ！」

サルが、言いました。

「きみには、だれよりもとくいなことがあるだろう？　そう、いたずらだ。いいかい、そのいたずらで、魔女《まじょ》やオオカミ男を、ぎゃふんと言わせてやるんだ」

〈いたずら姫《ひめ》〉は、サルのことばをしんじて、洞窟《どうくつ》を出て、魔女《まじょ》イジワルーナのもとへとむかいました。

バイキン沼《ぬま》のほとりにすんでいる魔女《まじょ》イジワルーナは、そのあたりでいちばんいじわるな魔女《まじょ》です。どの魔女《まじょ》より二ばいはぶきみで、魔法《まほう》の力も二人分です。ですから、イジワルーナの家には、だれも近づきませんでした。

〈いたずら姫《ひめ》〉がその家についたときは、すでに、とっぷり日もくれていました。お姫《ひめ》さまは、うらのまどから、家のなかをのぞいてみることにしました。イジワルーナは、大きななべをかきまわしながら、なにやらぶつぶつ、じゅもんをとなえています。

そのとき、とつぜん、ドアをたたく音がしました。

「だれだい？」

魔女《まじょ》がたずねると、

「オオカミ男さまだ！」

おそろしい声が、もどってきました。

魔女《まじょ》は、たちまち顔をくもらせて、ひとりごとをつぶやきました。

「あの、大ぼらふきのオオカミ男か！」

それでも、わざとらしく、やさしい声で言いました。

「どうぞ、お入りくださいな！」

ああ、なんということでしょう！〈いたずら姫《ひめ》〉は、腰《こし》をぬかすほどおどろきました。大きな大きなオオカミが、人間《にんげん》のように、後ろ足二本でまっすぐ立って、あるいているではありませんか！ こんなおそろしいものは、見たことがありません。この怪獣《かいじゅう》こそ、しっぽをとらなくてはならないオオカミ男なのです！

お姫《ひめ》さまは、息《いき》をひそめて、目をみはり、耳をそばだてました。これから家のなかでおこることを、しっかりと見て、しっかりときかなくてはなりません。

オオカミ男は、手にもっていた一まいの紙を魔女《まじょ》に見せて、えらそうに言いました。

「さあ、〈ずる・わる・うそつきコンテスト〉のポスターだ。今年《ことし》は、このおれさまが配達《はいたつ》がかりなんでね。あんたは、いつもどおり、しょうたい選手《せんしゅ》だとか……まあ、せいぜいがんばって、優勝《ゆうしょう》するんだな！　いっひっひっひっ！」

第20回
ずる わる
うそつき
コンテスト
さあ、ことしのチャンピオンは
だれだ!?
○月××日（日ようび）
あっかんべーの丘

オオカミ男は、ぞっとするような声で、わらっています。

「なにが、おかしいんだい？」

魔女《まじょ》は、かっとなって言いました。

「おまえさんが勝《か》てるとでも思っているのかい？　いったい、なにさまのつもり？『赤ずきん』のオオカミにでも、なったつもりかい？　どんなにじょうずにへんそうしたって、おまえさんなんぞにゃ、だれもだまされないよ！　そうとうな、おっちょこちょいでもね」

それでも、オオカミ男はわらいつづけ、えらくもったいぶって言いました。

「いやいや、おれさまのうでまえは、さいこうさ。『赤ずきん』のオオカミより、ずっとずっと、うまくばけられるぞ！」

オオカミ男は、とくいげにつづけます。

「今年《ことし》、おれさまは、おばあさん七人に、子ども十人も、たいらげたんだ。男や女、年よりや子ども、いろんなやつにばけたのさ！　おれさまの手にかかれば、朝めし前のお茶の子さいさいときたもんだ！」

「そんなことで、わたしがショックをうけるとでも思ってるのかい？」

しわがれた声で、魔女《まじょ》が言いました。

「あいもかわらず、おまえさんは、大ぼらふきだ！　コンテストの審査員《しんさいん》は、すぐに見ぬくだろうね。そして、かならずや、わたしが〈ずる・わる・うそつきコンテスト〉のチャンピオンになるのよ！」

「たいした自信《じしん》だ、このおいぼれが。じゃあ、きかせてもらおう。いったい、あんたは、どれほどのわるさをしたんだ？」

「今年《ことし》、わたしは、お姫《ひめ》さま六人に魔法《まほう》をかけ、三人に毒《どく》をもって……」

「さては、いつもの毒《どく》リンゴだな。ありふれた手口だ！」

オオカミ男が、いやみたっぷりに、口をはさみます。

「とんでもない！　毒《どく》をぬるのはリンゴじゃない。マンゴーや、アボガドや、パパイヤよ！」

魔女《まじょ》は、さも、じまんげにそう言うと、さらにつづけます。

「それから、王子さま四人をヒキガエルにかえて……」

「ああ、まただ。想像力《そうぞうりょく》のかけらもないね。いつだって、ヒキガエル、ヒキガエル！　つかいふるしの、ちんぷな魔法《まほう》だ！」

オオカミ男が、また、魔女《まじょ》の話をさえぎりました。

「ヒキガエルが気に入らないなら、おしえてやろう。わたしは、とある王子に魔法《まほう》をかけて、ある動物《どうぶつ》にかえてやったのよ。ヒキガエルなんかじゃなくて……おっと、これは言っちゃいけない。言うもんか。わたしの切りふだなんだから」

はやる気持《きも》ちをおさえて、魔女《まじょ》が言いました。

「さあ、とっとと消《き》えうせろ。この、まぬけなうぬぼれや！　ぐずぐずするなら、おまえもかえてやろう。そうすりゃ、もう、へんそうなんか、しなくたっていいわけだ！　さてと、なににしようか……。バレリーナがいいかな。ピンク色のチュチュとシューズを、はかせてやろう。いや、鼻《はな》がひんまがるほどくさい、古いくつにしてやろうか……それとも……」

いかりくるった魔女《まじょ》は、オオカミ男をにらみつけ、にぎっていた魔法《まほう》のつえを、オオカミ男へとむけました。

オオカミ男は、もっていたポスターをテーブルの上において、ドアのと

ころまでもどると、おちつきはらって言いました。

「どっちにしろ、敵《てき》に勝《か》たなきゃ、それでおわりさ。さて、帰るとするか。じゃあな、あばよ！」


このようすを見ていた〈いたずら姫《ひめ》〉は、すばらしいいたずらを思いつきました。二人のライバルいしきを、うまく利用《りよう》するのです。

オオカミ男が遠ざかり、すがたが見えなくなると、お姫《ひめ》さまは、魔女《まじょ》の家のドアをたたきました。

「だれだい？」

「こんにちは。わたしは、レベッカ姫《ひめ》といいます！」

魔女《まじょ》は、耳をうたがいました。お姫《ひめ》さまがやってきたのです。わざわざ、さがしに行かなくても、むこうから、とびこんできたのです。このレベッカ姫《ひめ》とやらに魔法《まほう》をかけて、今年《ことし》の成績《せいせき》にくわえることができれば、まちがいなく、〈ずる・わる・うそつきコンテスト〉のチャンピオンになれるでしょう！

「さあさあ、どうぞ、お入りなさい！」

魔女《まじょ》は、あまく、やさしく、さそうように言いました。

「パパイヤに、マンゴーに、アボガドがあるけど、いかが？」

「いいえ、けっこうです。おなかは、ちっとも、すいていませんから！」

お姫《ひめ》さまは、じょうずにことわりました。

「それから、わたしに魔法《まほう》をかけるのは、やめてくださいね。わたしは、あなたのために、とてもたいせつなことを、つたえに来たのですから」

「なんだって？」

「こんど、〈ずる・わる・うそつきコンテスト〉がひらかれますね？　わが王国には、あなたを知らない人はいません。おとうさんの国王も、おかあさんの王妃《おうひ》も、いつも、わたしに、あなたの話をしてくれました。わたしたちは、このコンテストでは、いちばん実力《じつりょく》のある人に勝《か》ってほしいとのぞんでいます。そして、わが王国のチャンピオンは……」

お姫《ひめ》さまは、息《いき》をためて、それからきっぱりと言いました。

「そう、あなたしかいません！」

「おおおおおー、すばらしい！　わたしのことを、よーくわかっているんだね！　わたしの実力《じつりょく》を、ちゃーんとみとめてくれるんだね！」

魔女《まじょ》は、よろこびのあまり、声をふるわせて言いました。おそろしくうぬぼれやなので、ほめことばに弱いのです。

「とはいっても、オオカミ男がいるので……」

お姫《ひめ》さまが、そう言うと、

「ああ、あのいまいましいオオカミ男か！」

魔女《まじょ》は、いきなり、ふきげんになりました。

「そう、根《ね》っからの悪党《あくとう》です。オオカミ男は、勝《か》つためなら、どんないかさまでもやるでしょう。だけど、わたしたちは、いんちきなコンテストはいやなのです。だから……」

「だから？」

希望《きぼう》にむねをふくらませて、すぐさま、

魔女《まじょ》がたずねます。

「そう、だから、こうすればいいのです……あっ、だめだめ。おかえしに、なにかくれなければ、おしえられません」

「どうしたらオオカミ男に勝《か》てるのか、おまえさんは知っているんだね？　さあ、とっとと、話しておしまい！」

「おしえてあげましょう。だけど、条件《じょうけん》があります。おかえしに、あなたのぼうしを、二、三日、貸《か》してもらえないかしら」

ぬけ目なく、お姫《ひめ》さまが言いました。

「わたしのぼうしを？　いったい、どうしてだい？」

あやしんで、魔女《まじょ》がたずねます。

「こんど、王宮《おうきゅう》で、仮装《かそう》パーティーをひらきます。わたし、パーティーの目玉イベント〈仮装《かそう》コンテスト〉で、優勝《ゆうしょう》したいのです。ほんものそっくりにへんそうして」

お姫《ひめ》さまは、にっこりと魔女《まじょ》を見上げました。

「わたしは、あなたに、へんそうするつもり。あなたのファッションは、ほんとうにすてきでしょう。だから、そのへんにあるにせものじゃなくて、ほんもののぼうしをかぶれば、ぜったいに優勝《ゆうしょう》できるわ！」

「おおおおおー！」

とくいになって、魔女《まじょ》が言いました。

「おお、それならば、貸《か》してやろう。だけど、まずはおしえておくれ。さあ、おまえさんは、オオカミ男の、どんな弱みを知っているんだい？」

「オオカミ男は、いつも、うそ八百をならべたて、いかさまをたくらんでいるでしょう？　じつは、あれ、頭で考えるんじゃなくて……ぜんぶ、しっぽで考えているのです！」

「しっぽで？」

「そう、だから、魔法《まほう》をかけて、あのしっぽを切りおとせばいいのです。そうすればもう、ライバルなんて、いなくなるでしょう」

「すばらしい！　なんて、すばらしいアイデアだ！」

両手《りょうて》をこすり合わせながら、魔女《まじょ》が言いました。

「あした、オオカミ男をランチにしょうたいしよう。なかなおりしたい、とか言って、うまくだましてね。そして、魔法《まほう》のくすりをのませるんだ。あいつが家にもどるとちゅう、魔法《まほう》がきいて……バサッと、しっぽがおちるんだ。気がつかないうちに、森で、しっぽをなくすのよ！　おーっほっほっほっ！　ああ、ゆかいだ、ゆかいだ」

4

すてきな王子さま

〈いたずら姫《ひめ》〉のさくせんは、みごとに成功《せいこう》しました。

まず、お姫《ひめ》さまは、魔女《まじょ》イジワルーナのぼうしを手に入れました。そして、あくる日、森でオオカミ男のしっぽをひろいました。それは、ユリの花をつむくらい、たやすいことでした。

〈いたずら姫《ひめ》〉は、洞窟《どうくつ》へともどり、盗賊《とうぞく》ヒラテウッチに、ぼうしとしっぽを手わたしました。

ヒラテウッチは、目をうたがいました。今まで、この大仕事《おおしごと》をなしとげてもどってきたお姫《ひめ》さまは、一人もいなかったのですから。

さっそくヒラテウッチは、小さな水筒《すいとう》を手にとり、魔女《まじょ》のぼうしのなかに、なぞめいた銀《ぎん》色の液体《えきたい》をそそぎ入れて、お姫《ひめ》さまに言いました。

「さあ、さいごのめいれいだ。これがおわったら、城《しろ》に帰してやろう。オオカミ男のしっぽで、この液体《えきたい》をかきまわして、わがアレッシオさまに、のませてやってくれ」

お姫《ひめ》さまは、わけのわからないまま、このふしぎなめいれいにしたがいました。

すると、なんということでしょう！　液体《えきたい》をのんだサルが、王子さまにかわったのです！　それも、おどろくほどすてきな王子さまに。

ヒラテウッチは、なみだをながして、王子さまの足もとにひざまずくと、大きな声で言いました。

「ああ、いとしのアレッシオ・ディ・マルツァパーネ王子！　とうとう、おそろしい魔法《まほう》がとけました！」

「さあ、立ちなさい、ヒラテウッチ！　今まで、よくあきらめずに、わたしにつくしてくれた。そなたに、ほうびをあたえよう！」

すてきな王子さまが、言いました。

「これは、いったい、どんないたずら？　おしえてくださる？」

ありとあらゆるいたずらをしてきた〈いたずら姫《ひめ》〉が、たずねました。

それは、アレッシオ・ディ・マルツァパーネ王子が、足をふみいれたことのない、はるか遠くの地を、たった一人の家来《けらい》とともに通ったときのことでした。王子さまは、ほかでもない魔女《まじょ》イジワルーナに、サルに、すが

たをかえられてしまったのです。さらに、わるいことに、人間《にんげん》のことばを話すことはできても、万一、だれかに身分《みぶん》を明かしたら、そのとたんに命《いのち》をうしなってしまう、という魔法《まほう》がかけられました。

そのときから、家来《けらい》のヒラテウッチは、王子さまをまもるために、盗賊《とうぞく》となりました。すがたはサルでも、王子さまは王子さまとして、一生おつかえすることにしたのです。そして、魔法《まほう》つかいや、うらない師《し》をたずねては、魔法《まほう》をとく方法《ほうほう》をきいてまわりましたが、魔女《まじょ》イジワルーナの魔法《まほう》は、だれもとくことができませんでした。

ところが、ある日、一人の魔法《まほう》つかいが言いました。

「さあ、これをもっておいきなさい。この水筒《すいとう》には、魔法《まほう》をとくことのできる液体《えきたい》が入っておる。だが、魔法《まほう》をとくのは、お姫《ひめ》さまだ。お姫《ひめ》さまにしか、魔法《まほう》をとくことはできんのじゃ」

魔法《まほう》つかいは、さらにつづけます。

「さて、つぎは、お姫《ひめ》さまの役目《やくめ》だ。まず、魔女《まじょ》イジワルーナのぼうしと、オオカミ男のしっぽをとってくる。それから、この水筒《すいとう》のなかの液体《えきたい》を、ぼうしにそそいで、しっぽでかきまわし、サルにかえられてしまった王子にのませるのだ。だが、いいか。たとえ、どんなことがあろうとも、サルが王子であることを、お姫《ひめ》さまに知らせてはならんぞ」

　こうして、ヒラテウッチは、王子さまの魔法《まほう》をといてもらうために、何人《なんにん》もお姫《ひめ》さまをさらいました。ところが、どのお姫《ひめ》さまも、この大仕事《おおしごと》をなしとげることはできません。〈いたずら姫《ひめ》〉のように、ちえがはたらかなくては、ぼうしとしっぽを手に入れることはできなかったのです。

「きみのおかげで、魔法《まほう》がとけた。ほんとうに、ありがとう」
〈いたずら姫《ひめ》〉の勇気《ゆうき》とかしこさに、たいそう感動《かんどう》した王子さまは、お姫《ひめ》さまにプロポーズしました。そして、お姫《ひめ》さまも、やさしく、たのもしい王子さまと、けっこんすることにしました。

こうして、〈いたずら姫《ひめ》〉とよばれたレベッカ姫《ひめ》は、すてきなアレッシオ・ディ・マルツァパーネ王子と、ずっとずっと長いこと、しあわせにくらしました。

お姫《ひめ》さまがいたずらをしても、王子さまは、いらいらしたり、おこったりはしませんでした。それどころか、かえって楽しんでいるようでした。それもそのはず、王子さまは、ずいぶん長いこと、動物《どうぶつ》のなかでもいちばんいたずらずきなサルに、すがたをかえられていたのですから。

とはいっても、〈いたずら姫《ひめ》〉も、もう、だれかれかまわず、いたずらをしかけることはありません。ほんの二、三人に、それも、ときどきです。つまり、けっして、調子《ちょうし》にのってはめをはずしたりしません。

というのも、王宮《おうきゅう》には、手がらをみとめられて大臣《だいじん》になった、ヒラテウッチがくらしているからです。だれだって、あのきょだいな両手《りょうて》で、ひっぱたかれたくはありませんよね。

●作者

シルヴィア・ロンカーリァ Silvia Roncaglia

イタリアのエミーリア＝ロマーニャ州モデナ生まれ。小学校教師、児童向け雑誌の編集者などを経て作家となる。児童向けの作品が多く、ときにシナリオの執筆やアニメーションのプロデュースも手がける。これまでに70冊以上の作品を出版し、2006年、*Caro Johnny Depp*（親愛なるジョニー・デップ）でイタリア国内の権威ある児童文学賞バンカレッリーノ賞を受賞。

●画家

エレーナ・テンポリン Elena Temporin

1970年、イタリアのピエモンテ州アレッサンドリア生まれ。ミラノのヨーロッパデザイン学院でイラストを学ぶ。イラストレーターとして仕事を始めると同時に、海外を転々としながら、舞台美術家やコックなど、さまざまな職業を経験する。1997年以降はミラノで暮らし、とりわけ児童書の分野でイラストレーターとして活躍。イラストを手がけた作品は、イタリア国内だけでなく、海外でも広く出版されている。

●訳者

たかはし たかこ（高橋隆子）

1963年、千葉県生まれ。青山学院大学文学部卒業。テレビ局に勤務するかたわら、イタリア語を学び、2007年、第13回「いたばし国際絵本翻訳大賞」イタリア語部門で最優秀翻訳大賞を受賞。おもな翻訳絵本に、『ブレーメンのおんがくたい』『うさぎとかめ』『さんびきのこぶた』（西村書店）などがある。

ねてもさめても いたずら姫〈ときめきお姫さま４〉

2012年3月30日　第1刷発行

作　者：シルヴィア・ロンカーリァ
画　家：エレーナ・テンポリン
訳　者：たかはし たかこ
発行者：西村正徳
発行所：西村書店 東京出版編集部
〒102-0071 東京都千代田区富士見２－４－６
TEL 03-3239-7671　FAX 03-3239-7622
www.nishimurashoten.co.jp
印　刷：早良印刷株式会社
製　本：株式会社難波製本

ISBN978-4-89013-929-3　C8097　NDC973　72p.　19.7 × 15.0cm